봄·여름·가을·겨울

죽천竹天 박신배의 평화의 시

봄 · 여름 · 가을 · 겨울

평화의 시

지은이 박신배
발행인 이명권
발행처 열린서원
초판1쇄발행 2024년 1월 05일

주 소   서울특별시 종로구 창덕궁길 117, 102호
전 화   010-2128-1215
팩 스   02) 2268-1058
전자우편 imkkorea@hanmail.net/ c072032@gmail.com
등록번호 제300-2015-130호

값 13,000원
ISBN 979-11-89186-39-5 03800

봄·여름·가을·겨울

죽천竹天 박신배의 평화의 시

열린서원

죽천 시집을 내면서

　하나님의 은혜로 진갑(進甲)을 맞으면서 첫 시집을 내기로 마음먹었다. 2007년 창조문학의 편집 위원이 되면서 세상에는 수필가로 알려지게 되었다. 문학가로서 작업은 박광정 선생님께 중랑 문화원에서 수필을 배우면서 수필 창작을 본격적으로 하였고 선생의 뒤를 이어 문예의 뒤를 잇는 작업에 게을리 하지 않으려고 하였다. 수필집(녹색 여행, 평화비둘기) 두 집을 내고 이제 시집은 첫 시 모음을 내면서 죽천竹天의 이름으로 책을 내게 되어서 무한 감사드린다.

　이 시집은 봄, 여름, 가을, 겨울이라는 사계절에 맞추어 길을 걸으면서 떠오르는 생각들을 시에 담았다. 사람이 살아가는 날 동안 길을 걷게 된다. 산과 바람, 개천과 바다 등을 보면서 자연을 음미吟味한 결실을 담았다. 시로 자연을 관조한 시들이다. 처음에는 우리 말의 한 자(외자), 한 글자 제목 시를 시작으로 시작詩作 하면서 8년의 세월을 보내게 되었다. 급히 한 해가 지기 전에 진갑 생일을 기념하며 하나님 앞에서 경건하게 살아가기 위한 다짐으로 벗들과 나누기 위한 시를 모았다.

　이 시들은 카톡에 글을 쓰면서 시작한다. 쌓여진 글들을 모아 순서를 정하고 계절을 맞추어 보니 시집이 되었다. 후반부에는 친구와 대화하면서 마음의 화두로 마음 연작시들을 모았다.

　이 춘하추동의 시는 '마음과 시'의 시를 통해 「성서」 시편 150편에 비교하여 한편을 더 실어 151편으로 마감했다.

　마지막으로 여명의 시를 통해 새로운 세계로 나가고자 하는 여망餘望을 실은 것이다. 여기서 일상시의 글쓰기, 詩作을 하면서 자연과 사람, 마음과 인간관계 등을 표현하며 신앙과 기독교 교리(보혈)의 관점에서 신앙시의 성격을 띠려고 하였다.

　독자는 구약신학자로서의 시인이 성서에서 시작된 시심詩心을 통해 자연 읽기와 사람읽기, 인간관계와 공동체의 생각을 어떻게 하고 있는지 알게 될 것이다. 아무쪼록 이 시를 통하여 하나님의 아름다운 세계를 같이 그려가고 만들어 가기를 바라며 여는 말에 갈음한다.

　끝으로 사랑하는 아내 그리고 부모님과 은배, 은미, 아들 딸 자녀와 사위 며느리에게 감사하며, 손자 태리, 사랑이, 서이, 혜온이가 이 시를 꼭 읽기를 바라며 하나님께 감사합니다. 이 시집에 귀한 추천사를 써주신 소설가 김호진 선생님과 홍시환 선교사님, 장기숙 회장님, 유정미 선교사님께 감사의 말씀을 전하며 이 시집을 출간 해주신 열린 서원 이명권 박사님과 잘 편집해 주신 송경자 선생님께 감사드립니다.

2023. 12. 23

봉제산 아래서
죽천 박신배

　　무릇 시는 지은 이의 영혼 속에서 울어 나와야 울림이 깊고 길다. 이를테면 박신배 시인이 쓴 〈흙〉이라는 시가 그렇다.

　　　　아다마 흙에서 나온 아담아
　　　　진흙탕 세상 겨루지 말고
　　　　평화의 낙원 에덴으로
　　　　땀 흘리며 살고 싶어

　　　　평창 두메산골 감자밭
　　　　땅 파고 씨앗 심고 풀매고
　　　　곤드레밥 먹던 땅

　　　　삼대 토지 버리고 유랑하며
　　　　고향 땅 오매불망 고대하던 밤
　　　　흙이랑 소몰이 질 엄마 품
　　　　그리워 석양이 저문다

〈흙〉뿐만 아니라 박신배 시인이 쓴 모든 시가 다 여운이 아련하고 무겁다. 까닭은 자명하다. 박 시인이 평생 정성을 다하여 믿고 기도하며 살아온 독실한 신앙인이기 때문이다. 이 점에 비춰 볼 때 박 시인의 시가 하나같이 성령이 빚어낸 성결한 신앙시의 성격을 띠고 있는 것 또한 결코 우연이 아닐 것이다. 사실 박 시인 자신도 "구약 신학자로서 성서에서 시작된 자연읽기와 사람 읽기 인간관계 등을 보면서 하나님의 아름다운 세계를 그리려고 하였다"고 말한다.

이 시집에 실린 글은 박 시인이 8년여 동안 봄·여름·가을·겨울이라는 사계절에 맞추어 자연을 관조하며 쓴 것들이다. 누구나 이 시집을 읽으면 박 시인 특유의 시어와 운율에 매료되지 않을 수 없을 것이다.

소설가 김호진 (문경 새벽, 먼 귀로, 전 노동부 장관)

　사람은 말과 글로 자신을 나타낸다. 특히나 정제된 언어로 구사된 시는 자신은 물론 시를 함께 하는 많은 사람들의 인생을 살찌운다.

　흔히 박신배 시인이 구약학신학자이니까 권위적이고 완고할 것으로 생각 할 수도 있지만 실제로 만나보면 너무나 소탈하고 쉽게 어울릴 정도로 친밀감이 풍부하다.

　더욱이 사람을 좋아하고 베풀기를 즐겨하는 성품안에 흐르는 정겨운 감성들이 시로 형상화되어 독자들의 마음을 끌어당기고 있다.

　좋은 시는 사람들이 좋아하는 시라고 생각한다. 그런 면에서 박 시인의 시는 사람들이 좋아하기에 충분하다. 시인의 감정이 시를 읽으면 그대로 독자들의 마음에 전달되기 때문이다.

　박 시인의 시는 모든 사람에게 오고가는 사계절과 흐르는 시간에 만나는 사람들과 산과 들, 강과 바다가 시가 된다. 그 시는 내가 그리고 싶었고, 내가 표현하고자 했던 것들인데 시인이 대신 잘 형상화 해 주었기에 시와 내가 동화되어 시 세계 속으로 들어가 함께 즐기게 되는 것이다.

특히나 박 시인은 시 속에서 하나님의 숨결을 느끼게 하고 있어서 읽은 이들에게 '시심'과 함께 '영심'의 세계를 맛보게 한다.

박 시인은 교수로서 명성도 있지만 수필가로서 인지도도 있다. 그런 그가 더 깊고도 정갈한 맛을 내는 시로 독자를 만나고자 진갑의 나이에 첫 시집을 상재하는 열정에 감동한다.

박신배 시인의 앞길에 시세계의 무한한 향연이 펼쳐지길 기대한다.

홍시환 목사(시인, 선교사)

시인은 말한다

한국 보혈문학회 회장 시인 장기숙

살아있다는 것만으로도 설렐 때가 있다
우리는 무엇을 찾으며 살아가는가
사랑, 일, 돈, 명예. 권력 ---
그러나 모든 것을 소유했다 해도
마음이 행복하지 않다면
헛된 것을 쫓고 있는 것이 아닐까
우리는 알면서도 잊고 살 때가 많다

시인은 말한다
- 우리는 앞만 보고 달려왔다
너무나 많은 것을 놓쳤다 라고
대학교수로 강의를 하고
많은 사람들과 사물들을 만나면서
삶의 진정한 가치와 의미가 무엇인지
그의 시를 읽으며
사계(四季)를 움직이는 그 분의 손길을 찾아
구름처럼 떠다니는 생명의 언어를 본다
내게 들리는 소리가 얼마나 아름다운지

작은 풀잎들의
몸짓이 보이고
눈물도 보인다
시인은 어둠 속에 졸고 있는
느낌의 언어들을 깨워
시에 담아 노래한다

풀꽃 하나도
얼마나 예쁘고 사랑스러운지
자세히 들여다보고 느껴본 사람은 안다
시를 지긋이 음미하며 들여다보라
그러면 보이고 들려진다
내면의 움직임이 흔들리는 것
나 또한 느낄 수 있으리라
가슴에 품고 읊조릴 수 있으리라

〈죽천 시집〉은 이 시대에 정치적 불안과 경제적 위태로움 속에서 혼돈과 방황하는 현대인에게 순백의 시어로 꿈과 평강을 심어준다. 깊은 산 속 옹달샘에서 솟아나는 맑은 샘물처럼 시어는 어린아이의 순수함과 열정이 배어 있다. 신을 믿고 학문적으로 연구하는 학자로서 보기 드문 순수한 영혼의 소유자이다.

삶 속에서 아름다운 인성으로 시어를 찾아 떠나고, 선을 행하며, 도전적인 사고로 한 곳에 안주하지 않고 문학과 신학을 위해 목마른 사슴처럼 맑은 물가를 찾아가는 역동적인 삶이 이 시집에 고스란히 담겨 있다. 시어를 통해 아련한 기억 속으로 빨려 들어가며, 기억은 따스한 고향 집 마루에 걸쳐 있는 듯하다. 인간은 자연에서 탄생해 자연으로 돌아가는 귀의 본능이 시 속에 내재되어 있다. 심미적이며 함축적인 요소를 지니며, 심플한 듯하면서 깊은 묵상이 배어 있다.

정직한 삶, 긍정적인 삶, 모범적인 삶, 행복한 삶, 신에 대한 굳건한 믿음과 순종의 자세를 때로는 은유적으로 잘 표현하고 있다. 사랑의 빛 따라서 살아가는 삶, 의로운 삶을 찾아서 굳건히 나아가는 삶의 자세를 통해 놀라운 생명력을 발휘하고 있다.

목표를 향해 달려가도 앞만 보고 전진하는 것이 아니라 옆 동료와 어깨동무하고 함께 결승점에 들어가는 배려와 사랑이 깃들어 있다. 즉 사랑을 베풀고 행복을 나누는 죽천 시인이다.

신앙적인 언어를 시어로 갈고 닦아 승화된 시 세계를 엿볼 수가 있다. 한 모퉁이 시는 철학적인 요소가 가미되어 심연의 시 정상에 머물고 있으며, 때로는 단문처럼, 일기처럼 생활시를 통해 삶을 노래하고 있다.

시 세계는 내면의 힘이 넘치며, 인생의 깊은 맛을 느끼는 성숙한 시를 노출하고 있다. 시를 통해 천상의 낙원, 하늘의 빛 소리를 울림으로 광명의 빛줄기로 예찬하고 있음을 느낄 수가 있다.

내 삶의 방향성, 꿈의 이정표를 확실히 알고, 자신의 삶을 주도적으로 역동적인 삶을 살아가는 박신배 시인의 〈죽천 시집〉을 통해 꿈을 향해 달려가는 청소년과 신앙적으로 방황하고 고뇌하는 자, 건강한 삶을 위해 진정한 쉼과 힐링, 재충전을 원하는 분들에게 적극적으로 추천한다.

대한시문학협회 이사장, 가나 신학 대학교 부학장 유정미 선교사

최성대 시인(영성 신학, 설교학 교수)

죽천의 충실한 서정적 자연시향 울림이 우리 심령 안에 전달
되는 감정 이입의 따뜻한 느낌이여!
겨울 속에 영혼의 꽃을 피우 고 이웃을 섬기고 지속적인 열매
맺는 웃음 짓는 삶의 그리운 그림의 자태여
천연 시어에 나타난 실재성 생명성 인격성과 자유성의 메아
리가 사방팔방으로 퍼져 눌린 영혼을 화들짝 깨어나게 한다

죽천의 시집
끊어진 한강교에서는
사계의 춘하추동으로
다시 이어지는
신망애 자유의 다리가 아닌가요!

살 몸과 얼 몸 사이
객지 몸과 상한 영혼 사이
고향 땅과 본향 하늘 사이
북남 서북남동 사이
죽천 시향의 다리를 통해
은혜 위 은혜로 건너간다

목 차

시와 마음

（春）

봄소식

중랑천 변 까치들이 봄소식 알린다
여러 마리 봄, 봄, 봄이라
날갯짓 한다

나무 위 가지 높이 올라서 앉아
파수꾼처럼 봄 전령이 소리친다
해 넘어가는 시각 씨앗 뿌리는
농부 손길 기다리는 대지 위에서

산책 나온 사람들 얼굴에서
밝은 웃음 본다
봄은 이렇게
가까이 다가왔다

보드라운 아가 손발처럼
서산 해님은 따사로운 햇살
보낸다
세월은 우리게 봄날처럼 말한다

선

햇빛이 직선으로, 곡선으로
선의 세계로 은하수 별빛 타고
정이 많은 지구로 내려앉으면

수직의 포물선으로 떨어지는
무지갯빛 지평선 넘어
님은 우리에게 웃음으로 다가온다

수평선 파도 소리는 지면을 건너
산을 넘고 논을 밟고
그리운 엄마 소, 아이 울음에
멍게 구름 하늘 높이 떠오른다

몫

사노라면 문득 깨닫겠지만
자기 몫의 고뇌, 짐을 지고
살아야 하는 인생이 있다

고갯길 넘는 중년의 삶
자기 분깃의 유업
누군가를 위한 땀인가
고귀한 피, 님을 위한 사랑

그 몫을 감당하기 위해
맡겨진 사명 불 태어
분여(分與) 인생인 걸 알아

내 몫 다하고 돌아가는 날
하늘은 잘했다
갈채를 보내리

뜻

난 언젠가 뜻을 세웠다
한 글자 시제로 생각한다

길을 가다가도
시상을 떠오르며 생각한다

이리저리
말을 떠 올린 거야
살면서 했던 말
시인들이 한 언어가
노래이며, 존재의 집인가

한 글자 시는 쓰이고
나는 친구들에게 말 걸고
그들은 나에게 응대한다

뜻밖에 말이 오면
무슨 말을 할까 속내를
드러낸다 뜻은 시어고
삶이고 우주다

앞

우린 앞만 보고 달려왔다
너무나 많은 것을 놓쳤다

때론 뒤를 돌아봐야 한다
지나친 것을 찾아야 한다
돌아봐 야 할 중요한 것 다시
돌이켜야 한다

가다가 다시 돌아서서
관심 갖고 볼 귀한 사람
다시 만나야 한다

앞을 향해 가더라도
옆을 보고 다독거릴 동료
같이 골인 점에 다다르자

앞은 뒤와 옆을 보는 자에게
열려있다
앞만 보는 자에게 행복은
주어지지 않는다

때

시간이 흐른다
인생이 흘러간다
때를 아는 지혜
세월은 유수라

결정적인 때가
지나는 시간 잡아
의미를 준다
보람 있는 때 가지니
행복한 생애 본다

시시 때때 화살처럼
하늘 과녁 맞혀
사는 슬기 요구된다
때를 계수하라

태양아 멈추라
때를 잡아 사는 법
시의적절한 말
하늘 이치 터득하면
빛을 잡게 된다

흙

아다마 흙에서 온 아담아
진흙땅 세상 겨루지 말고
평화의 낙원 에덴으로
땀 흘리며 살고 싶어

평창 두메산골 감자밭
땅 파고 씨앗 심고 풀 매고
곤드레 밥 먹던 땅

삼대 토지 버리고 유랑하며
고향땅 오매불망 고대하던 밤
흙이랑 소몰이질 엄마 품
그리워 석양은 저문다

꿈 1

사람은 공상 속에 산다
현실은 냉혹하고 차다
꿈은 자유 평화를 준다
몽환은 우리를 풀어논다

허상은 신기루를 좇는 인생
꿈이 없는 사람에겐 맹랑한 일
그래도 한여름 밤의 꿈이라도
아름다운 꿈은 살만하게 한다

실상이 펼쳐지는 세상은
살벌하고 냉정하다
샹그릴라 세계는 따뜻하다
에덴은 꿈꾸는 동산이다

꿈 2

꿈에도 소원은 통일
꿈이 실현되는 통일
그날이 곧 오리라

한반도 다시 서서
세계를 호령하는 날
예수 소식 전파하고
은혜의 해를 선포하리

꿈은 반드시 이뤄진다
바른 꿈 하늘의 꿈이여
꿈속에서 나눈 대화여
꿈 이루는 날 다가오리라

꿈 3

시냇물은 졸졸졸 꿈꾸며 흐른다
참새는 짹짹짹 노래하며 꿈꾼다

일찍 핀 백장미는 일장춘몽 말하고
유채꽃은 노랗게 꽃 필 때를 꿈꾼다

석양이 질 때 클로바는 흔들흔들
잔 바람 봄 소리 내며 한강으로
흐르는 물 따라 서해를 꿈꾼다

우리도 하루 일상을 접고
보금자리 들며 내일을 꿈꾼다

꿈 4

아 나는 지금도 꿈꾼다
한숨 자면 한 꿈꾼다
잠들면 꿈속에서 헤맨다

꿈과 현실은 묘연하지만
우린 꿈속에서 산다
꿈이 멀어져 보일수록
오늘은 어렵게 느껴진다

하늘의 꿈을 꾸고 나면
이 세상의 꿈은 사라진다

길

가을길을 걷는다 마지막 잎새가 지기까지
변신에 몸부림친다
겨울나는 채비로 형형색색 붉은 단풍잎으로
노란 잎으로 새 옷을 입고 동면을 재촉한다

떨어진 낙엽 속에서 자신을 찾아보지만 쉽지 않다
어떻게 이 길을 계속 걸을 수 있나
발걸음이 멈춰질 때까지 걷는다
춘하추동 얼마나 걸어야 천상의 낙원에 이를까

강물 따라 사람 따라 잎새 따라 걷다 보면
보이는 사람이 아름답다
청춘의 꿈을 이루지 못하였지만
길거리 사랑 때문에 서있는
거룩한 사람들이 보인다
살아있는 소리가 들린다

전할 마음이 있어서 좋다
가을길은 운치가 있고 상념이 있다
가을길을 걸어보자
그대여 비바람 불어오는 언덕으로 오르자

삶

삶은 사람이다
인생이 사는 것
그것이 삶이다
사노라면 사람다운
사람이 된다

삶은 생명이다
인생이 숨 쉬고
말하고 먹고 잔다
이것이 삶이다

그러나 참생명을 알게
되면 참사람이 된다

삶은 사랑이다
사는 것은 사랑하는 것
인생은 사랑하고
사랑받는 존재다

삶은 사랑하는 인생에게만
참다운 삶이 주어진다

사람아 사랑하며 살라
사람아 생명을 가져라
사람아 참 삶을 누려라
사람아 참 사람이 되라

밥

벼가 자란다 꿈이 큰다
묘가 자란다 새싹 큰다

쌀이 알곡 된다 밥이 된다
밥이 찰밥 된다 오곡밥,
보리밥 된다

김밥 짬뽕 밥 어우러져
신비한 밥 나라 이룬다

우리 밥 먹고 자라
겨레의 슬기 키워
한나라 힘내야 한다

밥상 공동체 이뤄
한반도 하나 되는 날
만나가 밥이 되리라

병

인생이 피하고 싫어하는 것
통증이 없는 세상은 없을까

아픔은 반성을 낳고
늙음은 성숙을 잉태한다
생로병사 순리 거스리면
창조주 뜻 어기는 것이랴

고난을 통해 인생 뜻 파악하고
겸허히 하늘 뜻 받들고
위에서 주는 약 받고 회개해야
바른 삶 살게 되리라

아픔을 견디는 비결 찾아
괴롭히는 세균과 더불어
즐길 줄 알면 여유로운 삶 되리

생명 귀한 것을 공유하고
내 고통만큼, 남 아픔 이해하면
위로하는 삶, 하늘 뜻 감사하고
땅에서 사는 뜻을 깊이 음미하리라

봄 1

새하얀 목련 꽃이 활짝 피면
처녀 가슴처럼 무지개 꿈꾸네

라일락 향기 교회 담벼락 넘어
마을 경로당 의자 내려앉으면

모란꽃 붉은 꽃망울 화단
여러 꽃들의 시샘 받아

한동안 몸살을 앓다가
그 옆 백일홍에게 말건다

님은 기지개 펴고 몸 일으켜
새 웅지 튼다

봄 2

봄이다 여김 없이 한겨울 한파를
넘어서 님이 온다
봄은 봄을 통해 오나 보다

봄이여 그대 맞이하려
봄을 간절히 보려 하네
봄은 바라면 그대
산 넘어오시려나 오시려나

봄아 봄이여
마음엔 봄이 왔지만
아직 그대는 다가오지 않나
봄이여 보이려니 봄아
이제 봄의 소리 들리구나

봄 3

와 봄이다 얼마나 고대했는가
찬서리 혹독한 추위 한파에도
아랑곳하지 않고
버티고 버티고 버티었는가

나무들 비탈에 서다 누군가
위기에 찬 군상들을 말하는가
봄은 님을 싣고 오신다
봄의 전령이 꽃바람 싣고 오시지

와 봄이다 남쪽 냉이 달래
식탁에 오르지만 찬바람이
봄날 시샘으로 기운이 적어

그대 봄으로 오는 소리 보러
언덕에 오른다
그대여 보이소서
그대여 들리지 않는가
간절한 바람
하나로 오소서

얼

얼차렷 얼 깨어
혼이 일어나 정신 차린다

삼천리 반도 일어선다
이제는 하나 되어 하모니
겨레얼 세울 때다

얼중 쉬엇 열중셧
영혼이 누워 한낮의 광선을
식히자

금수강산 남도 삼백 리
한라산 백두산 넓두리 재어
새 시대 동냥들 키울 때다

빛

한 처음 빛이 생겼다
빛이 있으라
해님이 태어났다
해야 기뻐하고 즐거워하라
온 땅 해님같이 노래하네

별은 해금 바이올린 탄다
눈물 흘리는 별님이여
바다로 흐르며 한숨 달랜다

달빛 가슴 안고 위로하라
월광곡이 울려 퍼지는 우주 무대
춤추는 광대들이 신나서
하늘빛으로 다시
돌아간다

님

님아, 해맞이 가자
상큼한 아카시아 향기
비온 후 코를 자극하니
온 세상이 깨여나서
님을 맞이한다

님아, 달맞이 가자
별님도 우리를 반기며
반짝반짝 유리 빛 밝혀
땅 밟기하니 환하네

님아, 이제 우리를 묶어
끊긴 한반도가 하나 되어
허리 이어 주소서
님이여 비추소서
하느님 이루소서

비

하늘이 눈물 흘리는가 보다
봄비 하염없이 해갈하듯
대지는 촉촉이 나무 화초가
수분을 한껏 흡수한다

산천 대지에 적시는 이른 비
천지가 사랑한다는 입맞춤인가
자연이 춤추고 노래 부르며
한껏 푸르름 더하고
맑은 공기를 내뱉는다

구름이 까맣게 분을 내더니
빗소리가 사뭇 커진다
가로수 충분한 수량 주기 위해
그 배려로 연일 비는 내린다

빗님과 해님이 조우하고파
무지개는 언뜻언뜻 미소를
머금고 다시 자비를 뿌린다

꽃

꽃이 피네 산에 꽃잎이
꽃 중 꽃 사람 꽃
들국화 진달래보다
마음 꽃 더 예뻐요

꽃이 피었네 들에 꽃잎이
무궁화 보다 사랑 꽃
모란 장미꽃보다도
인정 어린 관심 미소 꽃

꽃이 핀다 마음 꽃이
목련화보다 평화 꽃
유채꽃 튜율립 보다
감사 기쁨 노래 꽃 피나요

쉼

하루 날개짓에 피곤한 몸이
보금자리 가족의 웃음이 있어
사랑스러운 형제자매 터라

무릉도원 경치 수려한 곳
산천 경계 아닌
마음 쉴 곳 거기에
속 이야기 나누는 가정이라

파라다이스, 안식처라
영혼의 쉼터 나의 고향이니
주와 함께 있는 곳이어라

새

태평양 바다 나는 알바트로스
큰 날개로 장시간 비행하는 신천옹
날개를 펴고 창공을 활강하다가
바다 위에 누워 하늘 생각

삼천리를 날개가 한번 날갯짓하면
구만리 하늘 날아가는 봉생
북해 고향, 이전 물고기 군에서

탈바꿈하여 남극 북극을 자유자재로
날며 우주를 꿈꾼다

보기 힘든 강남 갔다 온 제비
봄에 먼 길을 다녀온 철새여
올 핸드 새끼를 많이 낳아서
풍년을 알린다

우린 새처럼 날고 싶어 한다

담

덕수궁 돌담길 걸으면
고궁 정취 옛사람
생각에 문득 잠긴다

이 세상 월담해야 저 세계
가로놓인 이념 벽 높고
갈라진 장벽은 길며
무너뜨릴 수 없는 철조망을
파랑새 되어 넘어간다

제주도 돌담은 구분 없이
검은 돌과 흙 풍화작용에
자유로운 멋 자아낸다

담 없는 세상으로 경계 없는
집 안팎이 정겹다

얼

사람마다 고유한 얼을 지니고 있어
하늘과 교통하는 영
생각하고 인지하는 혼
영혼을 가진 자 진정한 얼짱이라

하늘 얼 가지고 사는 사람이여
얼굴에 평화가 있어
민족얼 나라 사랑 애국심 강하고
예수 얼 가진 삶은 천국 영혼자이지

착하고 어질어도 길 진리 생명인
그분 모시지 않고 살면
자유 사랑 없어 지옥을 살게 되지
구원의 길은 하늘 얼 가진 사람에게
열려 있어요

봉

봉우리 봉우리 모든 산 중
최고 봉우리에 가려
그곳에 오를 수 있을까

훈련과 연단, 기술과 끈기를
가져야 에베레스트에 오르지

마차부차르 산 피쉬 테일은
네팔 정부가 금지한 13봉에요
인간의 발이 머물 수 없는
거룩한 산이에요

우린 하나님의 봉황 새되어
성산 호렙산 정상 설거야

흙

페트라 흙은 붉은 도배지 같아
적색 줄무늬 빛에 따라서
움직이는 도화지 같아요

산속 강 근처 진흙이나
찰진 흙에서 지렁이가
호흡한다

물과 흙은 식물의 밥이니
검고 붉은 흙은 생명 잉태하고
예수 진흙으로 소경 눈 바르니
광명의 세계가 열리고 밝아진다

봄길

벚꽃이 만개해 눈처럼 떨어지는
계절에 걷는 이들 속에서
유채꽃 피기를 고대하면서
씨앗을 뿌리는 이들 사이에
유채 나물 먹으며

제주 꽃밭 그리워하며 봄맛을 즐기는
벗들 중에서
겨우내 한숨을 너머서
꽃길을 걷는 사람들의 미소에서
우리는 소망을 보누나

唱(夏)

겁

눈 깜짝할 시간 찰나인가
한 세상 또 다음 세계
개벽할 장시간 겁이라
갈파는 신화적 세계 얘기하고
진리가 자유케 하는 얘기를
따라야 평화가 도래해요

천년이 하루 같고
하루가 천년 같은
하늘 시계 따라서
카이로스 구속 때
분별하고 살면은
우리는 영겁 영벌 모면하고
영생복락(永生福樂) 누리리라

업

수천 년 지배해온 업
불행의 늪 업보 갈마를
물리치고 예수 섭리 따라
십자가 사랑 믿으면 행복하리라

꿀업 천직인 일을 통해
낙원 가꾸고 파라다이스
만들면 우린 행복일 될거에요
하늘로 올라가면 최고지요

늘

아침 식탁 식물들이 춤춘다
늘 너희들은 이와 같아라

항시 노래하고 춤출 수 있다면
천국 가수되고 하늘 춤 꾼 되면
늘 즐거우리라

하늘은 노상 변함없는데
자주 우리는 바뀌니
항상 해바라기 마음을
가져야 되나 보다

놀

아침 놀 저녁 비요
저녁 놀 아침 바다에
들 노루 잠 깨어

놀치는 바다에서
소망의 노래 가득 안고
갈매기는 동해 바위에
앉아 붉은 노을 떠오르는
해 바라본다

본

감람나무 뿌리는 사 십 미터 깊이로
목각을 버티고 천 년 지낸다
본디 우리는 본향 하늘에서 온
존재로 다시 돌아갈 곳으로 눈을 들고
생각하고 바르게 살아야 하지

본보기 예수 따라 십자가 지고
삶의 궤도 따라가다 보면
겟세마네 동산 골고다 언덕에 올라
갈릴리 해변 백오십 세 마리
물고기 건지지라

하늘 본 그림을 그리며 사는 동안
본 때 보여주어야 해요
내 정체성은 하늘 시민이니
뿌리는 천국, 가지는 이 땅이 되어
멋있게 놀다 하늘 본향 가야지

알

박혁거세가 알에서 태어나
박 씨 시조되고 신라 개국한다
알을 깨고 나온 새 아프락시스
신처럼 자기 개벽해야 돼

사람이 자궁에서 태어나고
새들이 알에서 부화되듯
인간이 자기 세계 알에서
벗어나 승화해야 하지

그 파란破卵은 하늘 영 임해야
자아 부정 초월 극복 가능해요
예수 광야로 나가 새 차원 열 듯
우리도 초극해야 해요

사랑

사랑은 사랑할수록 사랑이 뭔지 모른다
사랑은 사랑하면 할수록 사랑이 그립다
사랑은 사랑할수록 사랑이 더 사무치니
사랑은 사랑하지 않은 수 없는 그리움있다

사랑아 사랑아 우리 서로 사랑하자
사랑아 사랑아 사랑이 그립도록 사랑하자
사랑아 사랑아 우리 언제까지나 사랑으로 남자
사랑아 사랑아 그대를 영원히 사랑할수록
사랑에 이르자

사랑하는 님을 그리워하고 노래하고 기도하자
사랑하는 님을 품에 안고 그분을 이야기하자
사랑하는 님은 항상 나를 보고 나와 함께 하시니
사랑하는 님의 그림자 보고 따르며
그분이 나를 사랑하고 있으니 기도하자
사랑하는 님 바라보고 오늘도 감사하며 동행하자

빛 1

인동초 길 위에 핀 십자가 꽃
워낙 큰 고난의 궤적 넘어서
야웨 손길 크시니 믿음이여
단련된 마음으로 표적 보고 나가라

사랑의 빛 따라서 선진의 길 좇아
막막한 도상에 비취는 광명이여
의로운 뜻 찾아서 꿋꿋이 서라

강 같은 평화 온누리 젖시리
시가 울려 퍼지라 큰 노래로
온 땅에 해 기쁨 넘치리라
대대로 열두 성상 비추어
길 끝에서 평온의 대해를
꿈꾸어라

달

달이 하느님일까 천 개의 강이
사람들이라면 사랑으로
강물에 비추소서

해는 낮에 은은히 자비로
만산에 밝히 비추어
달빛 햇빛 만나 즐거워하리

별은 밤하늘 수억 개 은혜를 수놓은
은하수로 노래 부를까
십자가 사랑 노래만
인류 구원의 띠를 이어
대대에 창성하라
영원하리라

멱

어릴 때 멱감던 풍납동 한강
이제 그 자리 간 데 없고
잠실 나루는 거대한 빌딩터 되고

단옷날 멱감고 빨래하던 아낙네
지금 그 추억 가물거리고
김홍도 그림 속 옛사람은 어디 있나

요단강 물 일곱 번 멱 감고
구원받은 나아만 장군처럼
엘리사의 하나님을 만나야
우리 인생 문제를 해결되지

아 인생

아 풍랑이 거칠다 인생항로
태풍을 만날 때
마도로스 심정으로 키를잡고
정신을 집중하듯이

영적 전쟁터에 서 있는 순례자
천로역정의 시험 과정 헤아린다
어느 지점에 도달했는지 기도한다

삶은 순탄치 않고 파고 높은데
두 손 모으고 하늘 높이 바라보고
큰 바람의 눈을 응시하며 부르짖는다

그대여 오소서 그대여 오소서
그저 오소서 그저 오소서
좌정하소서 그저 좌정하소서

시선

온통 내게 모아진 시선아
아이들이 사라진 시대에
나는 고운 손이라 모두가 머무는
희망의 눈길이다

아이야 너는 나의 기쁨이구나
웃음이 연달아 끊이질 않구나

시대가 아이를 부정하더라도
우리는 어린 네게 눈길 모으고
노래를 부르리

시선을 네게 모으고 춤추리
한반도여 다시 기뻐하라

이 땅에 처녀들이 하늘을 향해
아이를 부르는 소리 들어보렴
아이야 아이야
소망의 갓난아이야

눈

태풍이 올라온다 한다 왜 올라오지
엄위한 눈으로 바라보고 올라오시나
풍전등화 같은 처지로 납작 엎드려
하늘 바라본다 매미는 아직도 울어댄다

빗방울은 얇다
의연히 놀이터 나가지만
사람들은 지레 겁먹고 안방 소식통
잡고 떨고 있다

카눈 태풍의 눈이 무서운가 보다
눈이 인자하게 바뀔 때를 기도한다
여전히 비바람은 불어오리라
사랑의 눈으로 변화하여
따뜻한 온기로 다가오리라

한여름날 십칠 년의 침묵을 뚫고
포효하는 매미소리여
그대여 보이지 않는가

안식

아무것도 하지 말라
쉼은 안식하는 것이랴
폭염이 한 여름 찜통이 되게 한다

이열치열 커피 마신다
아무 생각도 하지 말아야 한다
살려면 쉬어야 한다

사람은 자유를 주어야 한다
피서철이라 해안으로 간다
숲으로 간다
사랑을 고대하는 아이는 젖을 달라 한다
그리곤 잠을 청한다

오늘 우리 아무 일 하지 말아야 한다
이제 찬바람 불어오리라
무상무념의 동산으로 가자

꿈

꿈아 젊은 날 꿈꾸면
그 꿈이 이뤄지나
웁살라 대학에서
공부하는 꿈이다

오랜 세월 잊고 있다
한 만남으로 인해서
젊은 날 꿨던 꿈이
되살아 난다

하나님 꿈이라면 언제
다시 그 꿈이 살아나나
하나님 때에 살아나리라

마음

마음 여행 떠나요 인생은
매일 어디론가 떠나요
사랑은 여행하는 거에요

미래는 사랑하고 떠나는자에게
열려있어요 거룩을 찾아
성결의 여행 아론의 책들고요

마음의 수련 암송으로 연단하고
천로역정 길 따라 하늘 보좌로
올라 여로 바라 보아요

사랑은 마음에서 사랑으로
심장에서 보혈로 인격과 형질로
연결 십자가 나타나니
오늘도 마음 활짝 열고
아가페 여행 떠나요

사랑

때로 이해 안 되는 일을 당해도
다 이해하고 넘어가면 추억거리가 되나
하나님께서 맺어준 인연인가
다시 돌아봐서 응답받아야 할지

옥상 페인트 작업하며
새 손님을 맞을 준비를 한다
어떻게 풀릴지 인생사
주여 인도하소서

사람들의 마음도 다 풀어져서
평화의 이야기 나누고
화해 일어나는 대기적
벌어지게 하소서

자유인

어떻게 예언자처럼 살 수 없을까
나비 히브리어 예언자 말 처럼

나비같이 훨훨 자유롭게
말씀 따라 움직이며
대언할 곳에서 선포하는 말씀

진리 따라 자유롭게 살며
진리가 자유케 하는 대로 살
라는 삶

주와 깊이 대화하며
움직이는 자유인

얽매인 것 없이 성령 따라
거칠 것 없이 사는
자연인

그대여 이 세상 것 연연하지
말라 그대여 그대여

님아

에덴의 동쪽엔 누가 살까
그들은 누구일까 떠돌이 인생이
로또 당첨 기다리는가

요단 서편 해지는 땅으로
가려하지만 좀 체 발걸음은
옮겨지지 않으니 한숨짓나

해야 멈추어다오 아얄론아
홍해야 확 갈라지라 모세야

요단강아 제사장발 보아라
에덴은 여전하나 동편에서 우느냐
그대여 오소서 님아 오소서

영원

영원한 것을 위해 영원하지 않은 것을
포기하는 것은 바보가 아니다
짐 엘리엇 선교사 말이다

에콰도르 미전도 종족 아우카 부족에게
가서 복음 전하겠다고
아내와 함께 베이스캠프에 가서
약혼하고 원시족으로 다섯 친구 함께
그 부족 해변에 갔다가 참변 당한다

그 후 아내 엘리자벳 엘리엇
선교 가서 전 부족 개종케 하는 역사
이룬 놀라운 선교역사 이뤘지
영원한 것을 바라고

죽음의 두려움을 너머 순교 대가를 치른
영원한 선교사 엘리엇 그대는
이십 구세 영원 청년이어라

별 1

우리는 이 세상에 별이 되어 살다가
별로 돌아가나 보다
유난히 빛나는 저 하늘 별들은
지극히 사랑한 별 인가 보다

사무치도록 하고 싶은 말, 다 못한 별은
유성처럼 떨어지나 보다
별똥별 슬픈 하락은 십자가 만나
다시 영혼의 상승 북두칠성으로 빛날까

오늘도 우리는 별이 되어 밤하늘 빛이 되어
소곤소곤 사랑을 전하리라

별 2

카눈 태풍이 할퀴고 간 자리
평양에서 멈추고 소멸한다
눈은 거기서 정지하는구나

아 인생아 하룻밤 꿈이리라
지금 지도자로 부름을 받아
사막으로 가라 인생의 도를
깨달아 거기로 가라

도성에 수많은 사람 사랑하라
파리 메뚜리 떼 개구리 우박
온역 흑암이 잇따라도 나만 바라보라
자연은 늘 그대 곁에서 함께 하리라

별은 그대에게 매일 밤 소곤거리리라
그대여 일장춘몽의 인생들을 위로하라

이별

작별이라 말하지 말라
슬퍼하거나 초조해하지 말라
세월이 그대를 속이더라도 원망하지 말라

흐르는 세월 바람처럼 날아
부는 데로 정처 없이 가는 것이다
온 만큼 또 언젠가 데려다주는 대로 가는 것이지

이별이라 말하지 말라 사는 대로 살다가 생각나면
소식 전하고 기도하는 것이지 긍정의 언어만
행복의 말만 하는 거야

그렇게 우리는 행복하게 하늘 그분 맞추어 사는 것이지
사노라면 잊을 날 올 거야 그렇게 살아가자

삶 1

삶이 그대를 부를 때 잠잠하지 않고 부르짖누나
삶은 평온하지 않고 거친 바다처럼
흉흉하고 요동치는데
그대는 부르짖구나

삶이 그대를 흔들고 넘어뜨리려 할지라도
아랑곳하지 않고 소망의 항구에서
닻을 올리구나

아 삶은 희망이어라 아 인생은 꿈이어라
사람이 사랑의 대상이 아니니 원망하지 않고
부르짖고 감사하노라

삶 2

인생은 무엇을 따라 사는가
사는 게 사는 것이 아니라
참을 따라 살아야 삶이리라

오늘 하루도 무엇을 좇았는가
매미 잠자리 채에 잡힌 것 같이
아이는 푸른 하늘에 즐거워한다

풀어가는 사람은 사사로움 털치고
자유 평화 행복을 모두에게 나눈다

유대 땅 한 사나이 인류 구원 고뇌로
십자가에서 풀었듯이
우리도 오늘 밤 자리 들며 별을 헤아린다

한 여름

아 한 여름 내리쬐는 볕은 우리 열정이다
아니 갑자기 쏟아지는 소낙비는 우리 눈물이다

지구가 몸살을 앓았는지 어느 곳이나 야단이다
어제는 맹렬히 쏟아지는 비로 갈 길을 갈 수 없었다

이제 팽이돌이처럼 맥없이 멈추어지려는 듯
아쉬운 대기 몸부림은 거칠기만 하다
종말을 넘어선 무지갯빛은 언제 비추려는가

소낙비

큰 비가 연일 내린다
누구의 눈물인가
하염없이 흐르는 아이 울음은
잠재된 무의식의 외침이다

장맛비가 하늘 뚫린 물 폭탄으로 내린다
시름에 겪는 농부들의 한숨은 아랑곳없다

이 비 그치면 폭염이 계속되리라
그래도 이 비는 그쳐야 한다
주여 노아 홍수로 또 심판하렵니까
그쳐 주세요

예전에 내리던 그 비가 아니다
지구에 화난 비가 하염없이 내린다
일상의 눈은 조물주의 눈만 앙망한다
이제는 멈추어 주소서

해와 나

햇빛을 보고 걷는다는 것 행복이다
걷지 못해 병상에 있는 분들 생각하라
태양을 향해 걷는 자는 행복하다

어둠 속에서 탄식하고 있는 자 바라보라
해님을 반기며 걸어가는 자 행복하여라
흑암에 쫓기며 한숨 짓는 자

그대 옆에 있지 않는가
그대와 같이 걷는 자여
그대는 행복한 인생이리라

저녁

석양이 지는 때 낙엽 구르는 날 언덕에 오른다
세월은 속절없이 흐르고 새들은 바삐 먹이 찾아
보금자리 드는 때

볏짚 지붕에 하얀 연기 피어오르면
오손도손 이야기 꽃피며 옹기종기
모여 앉아 하루 일상 나눈다

인생 흐르다 막히면 돌아가고
바닷물처럼 강물같이 흐르듯이 내려간다

철새 백로가 이동하고 흙두루미
순천만에 날개를 접을 때 보금자리
찾는 발길은 아늑한 집 사랑방 구들
가족 품에 안겨 햇님 안식하듯
시골집 풍광에 인생 연기 피어오르게 한다

가을 (秋)

가을 날

토요일 휴일 찬 이슬 맺히는 한로
중랑천은 장미꽃이 다시 피고
코스모스 꽃이 우주 빛을 받아
나비가 손짓하는 대로
춤을 춘다

비둘기는 모여 있는 비둘기 떼로
먹이 보고 달려든다 감나무에는
감이 주렁주렁 먹거리 많은 시대라
새들의 먹잇감으로 놔두고 있다

묵현초 운동장 가을 운동회로
시끄럽다 동심으로 돌아가
맘껏 뛰놀며 보릿고개 한을
떨쳐 버리며 상처를 씻어 보련만
이 가을 상념 따라
운동장 함성에 묻힌다

아 사람아

아 전염병 시대 죽어가는 사람 많다
희망이 없어 죽어간다 아 사람아
아 코로나로 죽어간다
우상숭배로 죽어가는 사람들 많다
아 사람아

아 오미크론 앞에 바쁘다
숨쉴 수 없다 침묵의 성소로 들어야 살 수 있다
말씀 지성소 들어가라 아 사람아

아 사람아 십자가 바라 보라
아 죽어가는 사람아 델타와도
생명 보혈의 피로
살아가리라 아 사람아

쇠

세상은 온통 철광 세계
전철도 건물도 쇠
광물로 만든 쇠붙이
굴러 간다

철물이 흘러 단단하게
우리 인생은 고난 흔적
깊이 팬 주름 남아
고단한 세월 말한다

두발 가인 철세상 만들어
쇠붙이 강함이 지배하려
하지만 부드러운 사랑
단 쇠 녹인다

안면도

태양의 낙조가 붉고 변화무쌍한 빛으로
안겨주는 곳 안면도
태안반도 끝자락 서해안 황해
중국 대륙을 마주하고 있는 곳이라

안식, 피곤한 날개 쉬어가는
반도 지역 자연 휴양림 꽃지 해수욕장
노을빛이 인생 황혼 타오르게 한다

면돌이 일꾼의 수면이 편안한 인공섬
범조 수지 언식이라 조수가 완만하게 되어
쉴 수 있는 곳
파도 소리 펜션에 단잠을 잔다

도도히 흐르는 물길을 끌어와
드르니 항 연육교로 이어 뱃길
만드니 물과 뭍의 평화가 생긴다

김육, 그대는 조선의 평화 가져와
편하게 쉴 수 있는 태평 섬 만들어
후손들이 안면도 오게 하네

요셉 꿈

인생은 일장춘몽
한여름 밤의 꿈처럼
짧지만 긴 얘기

요셉은 꿈의 주인
꿈꾸는 자 꿈은 이뤄지는 과정
혹독해 대가 치르고 성취되네

이 세상 삶은 꿈
저 하늘 현실이니 영원한 세계
바라보고 살아야 해요

안면도여 꿈꾸게 하니
모든 사람 꿈은 예수시며
해몽이 구원 가져오게 하니
진리 해석으로 천국 가게
하는 사닥다리 보게 하소서

진심

사람의 마음 알 수 없다
풀고 해결할 수 있는 열쇠는
진실
언약궤는 진실한 마음
소통 이뤄지고 화해하려면
욕심 내려놓은 길

과연 인생 일 풀릴까
마음의 중심 꿰뚫고
사람 속 풀어 주는 데부터
시작된다

역사는 사람 마음 헤아리는데서
소원 성취되지
상대 마음 읽는 독심술 개발하고
역지사지 터득해야
이뤄지지

회개하고 내려놔야 한다고
구성원 용서 빌고 화해 선포
일심단결해야 위기 극복한대요
우리 하나 됩시다

백로

아침 날씨가 쌀쌀하다
하늘은 높고 흰 구름 떠있어
가을이다
며칠 있으면 백로
사람들 벌초하러 나선다

아침 기온 영도까지 내려가
흰 이슬 생긴다 하여 백로다
포도 농사 좋고 추석 준비하기
바쁜데 열대 사바나 기후는
반년 우기 반년 건기로
가을이 없다

이 가을 시도 쓰고
책도 읽고 편지도 써보자
그리운 친구에게
사랑스러운 아내 자녀에게
펜을 들자

사람

영으로 산다는 것 이해하기
쉽지 않다
도무지 알 수 없는 행동
상대에게 무엇을 했는지

모르고 할 일을 하려고
한 것일 뿐 악감 아니다

만나면 언제 그랬냐는 듯
하하 웃는 모습 알 수 없어요
영으로 산다고 열 달란트
남기려 산 철학 바뀔 수 없어요

오랜 기다림 속에 얻은 자리
지혜롭게 생각하고
하늘 도움받아 좋은 선택
합시다

평화

내일부터 민족 대이동
추석 연휴이다
세상에 불어온
대지진 여파는 심각하다

한반도 풍계리에서 시작된
땅 움직임이 경주에서
지진으로 나타나
영남지역 불안에 떤다

인생의 어려운 구조조정에
세상은 원인 규명이니 논쟁으로
시끄럽다

어떻게 평화롭게 할까
한가위 달 빛 보고
가족 모여 앉아 덕담을
나누다 보면 동심으로
돌아가 평정심 찾으리라

여진이 잦아질 것이고
명절 웃음소리에
싸움도 그칠 것이다
평화 까치 날아들어서
봉제산에 울어 되겠지

꽃과 눈물

인생은 꽃의 길과 눈물 길
우린 꽃 길을 가고 싶지만
눈물 나는 현실 연속되고
실력 다지고 성실 심어
정직하게 가야 꽃 길 열려요

때론 눈물의 골짜기 지나가
내 언어 생각 보면 영성이 나타나서
고통 길 갈 수밖에 없는 현실에
아기는 깨닫고 겸손하게
자기 길 찾아서 영광 길 가요

눈물 흘리며 씨를 뿌리는 땀
흘려야 나중에 기쁨 열매
평화 과실이 열려요

눈물의 길이나 꽃의 길 중
영적 삶으로 평화의 길 가야
생명 이어져요

하늘길 가는 십자가 여로
우리 천국 꽃동산에서 만나요

꿈

꿈은 이루어진다 꿈이여
반드시 이루어 진다
기도하고 당신의 뜻이라면

꿈은 반드시 이뤄진다
아름다운 꿈은 이루어지리라
당신이 함께 하시면 반드시

꿈은 꾸어야 하리라
당신의 꿈을 꾸리라
그대가 꾸게 하시는 그 꿈을
영광이어라 하늘 영광이리라

평화의 꿈이 밝아오는 날
희망으로 역사로 펼쳐지니
반드시 두 손 모으고 꿋꿋이 서서
기대하며 꿈꾸고 만나고
다시 엎드려 간구하리라

가을 1

낙엽이 진다 가을이 깊어지구나
푸르던 잎은 성숙의 때를 맞아
마지막 단풍의 빛을 발한다
뒹구는 낙엽이 발길에 채인다

포도에 선 잎은 생물의 빛바래다
떨어진 완성의 물체다
겨울로 가는 채비로
몸집을 가볍게 하는 자기 부정이다

가을이 깊어갈수록 성숙은 노랗고
붉은빛으로 아름다움을 발한다
우리 인생 가을에서
겨울로 가는 세월이구나 상념은 깊어진다

언제 끝인가 알아
영원한 사랑을 헤아리려 한다
떨어진 열매라 짙은 향기를 맡고
내 인생의 낙화를 본다

천일홍 커피를 들고
가을 날 깊은 맛을 든다

가을 2

가을이 깊어간다 발에 채는 나뭇잎은
푸르름을 뽐내던 생명이다
아 가을이 깊어간다
이 계절 끝에는 겨울바람이 기다리겠지

가을이 깊어간다 내 인생도 깊어가겠지
성숙한 만큼 종말은 곧 다가오겠지
낙엽이 생명의 거름이 되는 원리는
자연의 순환인가

가을이 깊어간다
산에는 인파가 몰려 단풍놀이
아름다운 자연을 본다

흐르는 인생 멈추지 않고 동행하듯 음미한다
가을이 깊어간다 어느 가을 하늘 나도 새가 되어
창공을 날아 깃들 보금자리
독수리 눈으로 바라본다

가을 3

가을 하늘 푸르고 하얀 구름 높고
맑게 수놓아 있다

누구의 작품인가
자연은 놀라운 치유력으로
가슴을 씻겨주고
햇볕은 시야를 상쾌하게 해주니

어찌 밖으로 나가
조물주 이야기 듣지 않으랴
그대여 함께 가을을 만끽하지 않으랴

총각 바람 살랑살랑 불고 만물 익어가고
결실의 추수 다가오니 감사의 노래 부르며
강물처럼 흐르자

노래

노래들 중의 노래 최고의 노래가
사랑일까 사랑해
사랑해요 사랑해요 당신을

아름다운 노래가 가슴에 담은 노래
그대가 부르는 소리 떨려요
인류의 사랑 노래가 십자가네요

예수가 평생 부른 노래 십자가 사랑이어라
부르다 다 못 부른 노래가 아닌 진정 모두를
가고 오는 세대에게
영원히 사랑한 십자가 노래 사랑이어라

오늘도 우리는 이 사랑 노래해요
다 못 부르다 갈 십자가 사랑이지만
그래도 하늘나라 갈 때까지
십자가 노래 부르리라

젖과 꿀

요르단 서편 약속의 땅인가
그리로 사십년을 항해한다

불기둥 구름기둥 따라 움직인다
법궤 제사장 따라
장엄한 행렬로 행진한다

다단 고라 아비람 온 무리들
젖과 꿀이 어디있느냐
삼각주 땅에서 먹은 고기가 어디 있느냐

지성소 기도는 매일 향으로 올라가요
생사를 건 투쟁은
피 비린 내 나는데
지팡이 들고 바다를 향해든다

또 갈멜산 놋뱀을 부른다
오늘 지팡이 어디로 향하나
젖과 꿀이 흐르는 땅으로
가나안으로 생명을 따라
말씀에 순종한다

그대여 순명으로 버터와 석청
빵과 메추라기 맞으라
그대가 선 자리에서 흐르는 젖줄 찾으라

모세야 여호수아야 아론아
엘르아살아 들리느냐

기다림

소망을 따라오리라 그날
기다리다 기다리다 지쳐

그래도 믿음으로 기다린다
세월이 흘러가도 언젠가 오리라
그날이 오리라

그 넘어갈 날이 더 고대 되니
소망이 있기에 사랑하게 되리 희망이 있기에
손을 모으고 간절히 바라니
님이 오누나 오 그대여 이제 오소서

기적

하나님이 하시면 자연이고
인간이 보면 기적이구나
사람이 살다 보면 시련을 겪지만
하늘의 도우심으로 위로받나 보다

인생 언제 평안의 바다에서
자연의 햇빛 보면서 안식에 이를까
시간은 흐르는데 무엇 보며 희망의 씨앗 볼까
오늘도 기적의 손길 보며 믿음의 길을 가리라

영감

그대의 요청은 잠들어가는
영혼에 일침을 놓는다
세상은 끊임없이 흐르도록 몰아간다

거친 세파 속 흔들림 없이
영감을 깨우려 손 모으지만
쉽지 않은 요구들이 있고
일상은 한가롭게 한다

뇌리 속 스쳐가는 영감은
시대정신의 고통이런가
아이들 미소 속 안식 얻으니
시내산 로뎀나무 여기구나

삶

인간이 산다는 것은
뭔가 소망하고 있다는 것이다
바라고 바라며 기도한다는 것은
희망의 존재로 선다는 것이다

지옥에는 희망이 없을까
천국을 바라기 때문에
살아있다는 것이요
죽음에 이르는 병이
절망이라 했는가

조그마한 것을 바라고
감사하고 사는 일이
행복해지는 일일까

오늘도 하늘을 나는 사람이
땅에서 농사짓는 일에
안식 누리며 파 양파 상추
뽕잎 부추 나누는 모습 본다

촉

친구가 촉을 봐달라 한다
맛쟁이 음식의 맛 달인이라
어느 것이 맛있는가 묻는다

인생사 촉각으로 묻고 산다면
시행착오 적어 방황을 덜할 텐데
하늘의 촉 가지면 평안하리라

싸움의 명수 공명은 촉상이라
전쟁의 촉 밝아 백전백승
그대도 두보는 제갈 운명 읊는다

영혼의 닻 천상의 평화 맛보는
촉수 개발하여 영원 항해 나서자
인생의 참맛 알아 촉목상심 없이
영생의 촉선 맞닿아보자

쉼

안면도는 백일홍 붉은색으로
가로수 도배하여 운전 길 시원하다

삼십 오도 웃도는 더위는
영목항 사람들 울상이다
피서철 피크인데
손님이 없다고 십 년 만에
처음 있는 불황이라 난리다

우린 각자 즐거워
손님이 모이고 있으니
손님이 손님을 부른다고
재미 웃음 만발이다

자고 또 자고 먹고 또 먹으며
모처럼 만에 쉴 수 있으니
하나님이 주시는 휴가인가

친구는 누가 편하면 누가 불편하니
빨리 오라 한다
주여 모두가 안락한 쉼 주소서

추석

추분 열흘 남겨 놓았는데
낮 기온은 여전히 덥다

추석이 다가와 마음이
바쁘다 가족들 모여
덕담 나눌 기대 가득하다

올 한가위 보름달만큼
소망 가득하고
통일 마당 펼쳐져서

한민족 한 풀어지길 바라나
풍계리 몸살 커진다

통일 염원 반드시 이뤄지니
달아 휘영청 뜨거라

젖과 꿀

젖과 꿀이 흐르는 땅으로 간다
약속 바라보고 그저 뚜벅뚜벅 걸어갈 뿐이다

인생 하나님께 달려있으니 순명하며
그 뜻 따라갈 뿐이다 홍해가 가로 놓이고
광야가 병풍 치듯 둘러싸여도 기적 보며 진행한다

구름 기둥이 낮에 드려지고
불기둥이 밤에 온화하고 따뜻하게 길을 열어준다
제사장이 하나님 임재를 이끄니 감사하며 따라간다

약속의 땅이 멀지 않다 감사하고 찬양하며
도상에서 하늘 군대의 행렬을 본다
모세가 여호수아에게 사명을 전하는 것 따라
가나안으로 들어간다

보이느냐 에스골 골짜기 포도송이 벤
막대기 둘러메고 오는 두 청년을 보느냐
젖과 꿀의 땅 가나안은 순종과 믿음으로
보는 낙원이다 들어가라

길

가을길을 걷는다 마지막 잎새가 지기까지
변신에 몸부림친다
겨울나는 채비로 형형색색 붉은 단풍잎과
노란 잎으로 새 옷을 입고 동면을 재촉한다

떨어진 낙엽 속에서 자신을
찾아보지만 쉽지 않다
어떻게 이 길을 계속 걸을 수 있나
발걸음이 멈춰질 때까지 걷는다

춘하추동 얼마나 걸어야
천상의 낙원에 이를까
강물 따라 사람 따라
잎새 따라 걷다 보면
보이는 사람이 아름답다

청춘의 꿈을 이루지 못하였지만
길거리 사랑 때문에 서있는
거룩한 사람들이 보인다
살아있는 소리가 들린다
전할 마음이 있어서 좋다

가을길은 운치가 있고 상념이 있다

가을길을 걸어보자
그대여 비바람 불어오는 언덕으로 오르자

젖과 꿀이 흐르는 땅

약속의 땅이 젖과 꿀이 흐르는 땅인가
아브람이 헤브론 마므레 상수리 수풀에서
북남 동서를 바라본 땅인가

그곳 벧엘과 아이 사이에 장막을 짓고
여호와의 단을 쌓고 하나님의 이름을 부르던 곳이다
거기서 횡으로 종으로 높이와 넓이로 다니며
땅의 티끌을 세보라 한다

셀 수 있을진대 자손도 셀 수 있게 주리라 한다
아브람의 젖과 꿀이 흐르는 땅은 롯에게 먼저 양보하고
얻은 땅이요 하나님을 예배하는 땅이었다

요단 동편은 하나님 벌을 내리기 전
여호와의 동산과 같고 애굽의 땅같이 푸르고 물이 많았다 한다
하지만 요단 서편은 척박하지만 약속의 땅이요
하나님 예배하는 땅이기에 푸르러만 갔고
살기 좋은 낙원으로 변했다

모세야 여호수아야 다윗아 히스기야야
요시야 느헤미야야 가꾸고 잘 다스리라
언약의 땅 금수강산 평화의 땅이니라

땅

하늘이란 하느님이 사는 곳일까
하늘은 존엄한 존재 그분이 거하는 장막인가
땅은 부르짖는 내 현존의 처소다

오늘 난 땅에서 만군의 하나님
그분을 우러러 본다
난 티끌같이 낮은 이곳에서
지존한 천지의 주재를 바라본다

땅은 아름다운 당신의 형상이 현존하는 그림자인가
난 이 대지에서 외친다
살아계신 영원한 그분이 헤세드 인자한 사랑으로
햇살이 되어 다가오기를 바란다

땅아 이제는 하염없이 눈물의 비로
온 은혜의 소낙비에 감사한다
땅아 하늘과 하나로 당신의 몸을 이루어 일체구나
그대여 이 땅에 서서 당신을 고대하며
이렇게 손을 모으고 감사의 노래 부른다

노래

장미꽃 넝쿨 우거진 그런 집을 지어요
메아리처럼 해맑은 옹담샘 터에
가사가 되뇌어진다
비둘기는 어느새 동터오자 마자

우리 집 처마 밑 출근이다
코스모스 한들한들 피어 있는 길
한창 유채꽃과 더불어 한층 자란
중랑천 노래가 흥얼흥얼 거리고
노래가 시가 되고 있으니
산책길 앞서 걷고 있는 아내와 친구 옆에

가을은 어느새 깊이 왔고
단풍은 성숙하여 빛을 발해
산으로 오라 손짓한다

골똘히 일상에 파묻혀
교정 친구 심각한 노래 부르지만
난 평화 자연시 노래한다

코스모스

아침이 쌀쌀하다 상강이 아직
남아 서리가 내릴 준비를 하는데
코스모스는 여덟 잎을 키우며
키를 키운다

코스모스 꽃을 좋아하는 안해와
가을 휴일 집단장 도색을 한다
식구들이 한자리 모여 일하며
웃음꽃을 피운다

코스모스는 왜 여덟 잎일까
일곱 잎 있는 꽃은 안 꺾고
식탁 보라색 우주 빛 담은
요구르트 화분이 사랑 담은
고백화로 단장한다

다윗의 시

1 여호와는 나의 목자시니 내가 전혀 부족함이 없으리로다
2 그분이 푸른 초장에 누위시며 실로 잔잔한 물가로 인도하시
  는도다
3 그분이 나의 영혼을 소생하시며 정녕 그 분이 그분의 이름
  을 위하여 의의 길로 이끄시도다
4 참으로 사망의 골짜기로 비록 다닐지라도 절대 해 받음을
  두려워하지 아니하리로다 이는 당신이 나와 함께 하시는
  까닭이로다 당신의 지팡이와 막대기, 그로 말미암아 그분
  이 편안히 위로하시리로다
5 당신이 내 앞에 곧 내 원수의 목전에서 상을 베푸시고 정녕
  당신이 내 머리에 기름을 바르셨으니 내 잔이 넘치리로다
6 아 정말로 복과 지극한 사랑이 확실히 내 살아있는 일생 동
  안 나를 따르리니 내가 여호와의 집에 영영히 안식을 누리
  게 되리로다

겨울 (冬)

입동

동선하로 겨울에 선풍기 필요 없고
여름에 화로 무용지물인데
우리는 추운 날 따뜻한 해가 그리워진다

서리가 내리는 상강을 지나 나뭇잎이
최고의 절정 색을 뽐내는 입동 추위는
이십 번째 소설이 다가오면 첫눈이
내리는 계절로 들어선다

몸은 변화에 적응해야 되리라
동면에 드는 생명들 보며
슬기롭게 나무줄기 따라 떨구어야 한다

이제 대설 동지 소한 대한 맹추위
이겨낼 채비 서둘러야 하리라
자연은 우리에게 때를 따라 순리대로 살라 한다

바람아 거세어라 난 마음에 사랑 품고
뜨겁게 벗에게 다가가리라
칼바람 불어오라

난 돌개바람
잔잔케 하여 열풍 만들리라
그대여 온화한 서풍으로 다가오소서

삶

삶이란 진리를 따라가는 삶의 과정인가
생존을 따라가는 노정인가
어둠의 노예가 된 무리들의 말 몸짓 공중
줄타기하듯 가련한 인생이여

갈릴리 영생의 소리 듣고
자유에 따라 거룩을 좇아
천상 무리같이 순례하다 보면
까마귀 떠나가리라

천상 가까운 존재여
무거운 짐내려 놓지 못하고
지친 몸짓으로 거친
숨소리 높구나

하늘빛 소리 좇아가다 보면
우리는 즐거운 노래하리라
광명한 빛줄기 보니
행복한 하루 은혜로
보금자리 들어
주님 품 평안하구나

감사 1

가을 들녘 누렇게 익은 벼
푸른 산 단풍잎 색깔로 단장하니
맑은 바람 불어 오누나

농부는 한 해 해님께 감사하고
애쓴 일군들 조물주에게 노래하는데
산천은 풍요의 결실에 춤추며

다가올 매서운 삭풍에
겸허히 마음을 내린다

이제 감사의 계절은
손 모으는 사람에게
은혜를 주고

사랑으로 절정에 서게 하니
노래하며 행복하게 되리라

감사 2

하늘은 감사하라 한다
우린 뭘 가지고 감사할까
살아있음에 감사하지
신은 있음에 감사하라 한다

우린 웃을 수 있는 존재들로 감사하지
가족들 보니 감사하지요

이 세상은 감사할 줄 아는 사람들 있을까
우린 천지를 만드신 분
풀무불속 살아있는 것 감사하지
정말로 사자굴 속 살아있을 수 있을까

감사하고 찬양할 수 있을까
나는 그 기적에 감사하지
우리는 그저 감사하리라

쮠주앙

마흔아홉 가지 사항 꼭 해보기
책 어제 염창동 제자 교회 갔다
본 책이다 쮠주앙 육십구 년생
중국 저술가 인기 작가다

행복은 사소한 것에 있다는 생각
말한다 난 행복 하나님 의식에 있다고
보는데 어떻든 그의 말을 따라
보려고 책을 열어
지시 사항을 보았다

첫째 동창 모음 만들기다
추억을 되새기라는 말이겠지
친구들아 잘 지내지

연락해 보자 젊은 시절
어렸을 때 동심으로 돌아가면
행복할 것이야 그래서 어린아이
같지 않으면 하늘나라 가지
못한다고 그분 말씀하셨지

주당산

오랜만에 봉제산 등정을 한다
체력이 많이 떨어졌다
다시 회복할 수 있을까

가을 산 오르면서 무엇엔가
매여 산을 찾지 못했는지
뒤돌아 본다

학교 뒷산 주당산 전에 걷던
그 길을 구청에서 주단 길 같은
가마니 길을 깔고
계단 길을 만들어
더 산책하기에 좋게 했다

대일 고교 내려가는 길에서
항상 목표점을 삼고 쉬다가
돌아내려갔는데
언젠가 주당산 끝자락 너머
길을 가겠지

한국 산맥을 주유할 날도 오겠지
하늘은 푸르고 바람은 불고
산 밑 운동장 아이들 소리
우렁차게 들린다
이제 내려가자

종말

끝이 오면 사람은 소망을
가지기 위해 이상적 꿈을
꾼다 한 편의 드라마를 쓰고
그 환상을 가지고 산다

현실은 이상과 거리가 크다
초연하게 종말적 상황을 맞이해야
하는데 자신을 중심으로
움직이는 세계가 답답하니
세계 종말이 와야 한다

천년왕국 세계 정부 종말론에
심취하게 되고 허망한 논리로
무엇인가 지적 세계에 골몰한다
주여 내일 종말이 온다 해도
한 그루 사과나무를 심을 수 있는
여유를 주소서

아침

저 붉은 태양이 떠오른다
열정을 품고 일어나라고 깨운다
지친 몸은 동면에 들려 하는데
동무들 아침에 출근길 바쁘게
일터 향해 총총걸음으로 작업장을 향한다

남쪽 나라 향한 철새는
부지런히 날갯짓한다
벌써 동녘 하늘 중천이다
이제 날 부르는 벗 보러 가야지

하늘뜻 부르는 삶 헤아려
개미처럼 땅속 돌지네 지렁이처럼
흙 정화하리라

오늘도 부르심의 부르심을 살피며
조용한 나라의 지명指命을 듣는다
주여 십자가 사랑 보혈 구속을 전하리라

새벽

어둠이 아직 짙게 내린 새벽 동틀녘에
만물은 이제 기지개를 켜고 기상한다
카인의 후예들도 밤새 뒤척인 잠자리에도
밝게 떠오르는 해는 희망으로 비쳐오리라

인생 짧고 예술은 길다 했는가
진정한 가치 진리 위해 삶을 살아가다 보면
밝은 대낮 같은 광명한 천지가 펼쳐지리라

에덴의 서쪽에 거친 짐승이나 순한 양이 서로
어울려 사는 낙원이 열리리라

그대여 쉼 없이 손 모으고
님이여 항상 하늘 바라보며
웃고 하루를 천년처럼 사랑하소서

타인의 얼굴

레비나스는 유대인 서양철학의 한계를
주체적 관점의 자아 중심 철학 문제점으로
인식하여 타자 중심의 철학 인식론으로
바뀌어야 하며 사고해야 한다고 했다
이 철학해야 비로소 인류에 희망 있다

과연 타자 중심 공동체 철학이 가능한가
타자의 눈으로 세상을 볼 수 있나
어떻게 고난받는 타자를 품을 수 있나
고아 객에게서 구원의 길을 만드나

고난받고 고통받는 형제의 눈물을 보며
십자가 달린 하나님 얼굴을 보나
고난의 종 메시아가 억눌리고 십자가 달리니
고통당하는 형제 눈에 우리가 머무르고
있으니 우린 하나님 마음 헤아려요

그들에게 마음을 써야 해요
주여 여리고 가다 강도 만난 사람의
이웃되게 하소서

상징 언어

대부도 영종도 역사에 사진 보인다
벗들의 이야기 세상사가 복잡한 사슬에 얽혀
일찍 물러나는 사람과 저녁노을 어둠의 언어와
여러 말 들 속에 상징 언어를 찾는다

주여 우리에게 지혜를 주셔서 백척간두
공동체 여러 찢긴 마음들 녹여주시고
용서 사랑 치유 사건이 일어나게 하소서

가정 제단에서 평화 물결 일어나
근자열近者熱 원자래遠者來 파도 퍼져
친구와 이웃에게 기쁨 일어나게 하소서
전쟁과 칼 내려놓고 함께 어깨동무 하나 되어
앞 날 열어가게 하소서

대화 깊어지고 의논이 넓어져서
천국공동체 높아져서
하늘땅 오가게 하소서

길

우리는 때론 걸었던 그 길을
다시 걸으며 상념에 빠진다

우림 시장 맛집을 찾던
그 추억 되살려 간다

오늘은 다른 맛 떡이 보인다
호박에 조밥의 조합이다
따뜻한 커피에 먹는 맛은 일품이다

코로나 시절 맑은 공기 마시려 걷던
그 길을 다시 걷는다
겨울철 운동 이자 자연과 세상과의 대화다

팔아야 사는 사람들의 거룩은 생존이자
평화다 귀가길 발걸음은 행복이다

치악산

아 조선 땅에 명산인가
치악산 입구 산장 집에 이르리니
금강산 식후경이라

아홉 살부터 살면서
치악산의 세 딸이 엄마의 인생을 이어
춘하추동 산의 정취와 더불어 세월은
흘러

치악산 순례객 맞이 인생을 살아왔다
사람들의 산행 풍취를 보며 안다

큰아들 의사로 교육한 엄마의 산 지혜
빛나고
둘째 아들에게 그대로 가게를 물려줄 심산

한평생 세끼 먹는 인생이지만 자연과 더불어
사는 인생 그래도 살만한 날들이었기에

휴일에도 문 안 닫는 여유를 가지고
명산 찾는 나그네를 반기는 아낙네
인생의 씨름 잃으랴 손님의 미소에서
산장 어미의 품은 넓어라

인생

입동비는 포근하게 대지를 적시려 내리는가
수험생 발걸음이 무겁게 보이는 아침

거룩한 렉시오 디비나 경전 읽기는
하늘 시간을 알리는데
주의 종 선지 생도 교실로 향한다

인생 춘하추동 계절의 궤적 따라
돌다 보면 희로애락의 물결이 잦아지고
손을 모은 때가 깊어진다

그대여 이제 낙엽만큼 큰 은혜로
마음 채우소서 하늘이여 깊은 곳에서
부르짖던 소리 들으소서

샛별

서쪽 하늘 개밥바라기 사활 다 해 빛을 창출한다
노년 이른 인생들 바삐 뜻 이루러 몸 부름 친다

새벽녘 태양빛 받아 샛별은 그대를 향한 사랑 전하는데
사람은 아랑곳하지 않고 무언가 골똘한다 그분 손에서

형통한 것 알아 우리는 겸손히 손 모으고
수성 화성 옆 친구를 향해 손 내밀고 따뜻한 온기로 다가간다

성탄

성탄이로다 이 천년 지나고
이십 삼년째 구주 탄생 기념일이다
모두가 기쁘다

화이트 크리스마스 마스라
사람들 신났다 요즘
시세오른 강아지도 기쁘다

전쟁있는 곳 오늘은 싸움안하고 쉰다
가족들 그린다 평화는 시간에 있다

이제 오소서 우리에게 오소서
눈물 없는 곳으로 낮게 또 오소서

높은 곳에는 영광 낮은 곳에는
평화 우리에게는 기쁨 삼라만상은
정적 고요한 평강이 온누리 퍼지게 하소서

진리 1

인생 살다 보니 참이 아니면
다 탈이 나네 살다 보니 거짓 영이 움직이면 언젠가
탈이 나구나

인생 살면서 진리 따라 성실 정직으로 살 일이지
주위 옆 돌아보니 어렵게 사는 이웃 안타까움 있네

이제 돌아서서 옳은 길로
정도로 가야 하리라

자기 개혁 철저 진리가
자유케 하는 삶 살으리

진리 2

우린 팬데믹 재앙 시대 지나며 본질 아닌 것은
다 쓰러진 것을 보았다
출애굽기 열 가지 재앙이 남의 이야기가 아니라
우리 이야기였다

종교는 진리가 아닌 것은 언제인가 무너진다
참이 아닌 것 물러난다
진리 파지, 두 손으로 꽉 움켜쥐고 어떠한 고난에도
비굴하지 않으며
오직 진리만을 추구하는 너는 누구인가 묻는다

진리는 자유롭게 하니 하늘 바라보며 숨 쉴 뿐이다
그저 순명 따라 홍해로 갈 뿐이다 사막에서
하늘 바라보고 만나 내리는 것 볼 뿐이다

광야 사십 년 길어도 동풍 불어서 메추라기 볼 뿐이다 성막으
로 나가 지성소 앞에서 불기둥 구름기둥 볼 뿐이다
그대여 영으로 살며 말씀 듣고 생명으로 나아가요

인생

한 평생 살면서 회포를 푸는 일
휴가철 가족들 모여 고생한 얘기 나눈다
대화가 끝없고 하루는 짧았다

무더위만큼 삶의 무게 중하고
헤쳐 나갈 인생 짐 커도 웃음으로
푸는 얘기 쏟아 놓은 생명 마당 장

끝없는 과거 애환 줄은 실타래처럼
풀어지고 눈물 미소 번갈아 마음 녹이니
안면도 밤은 깊어 간다

하루 안에 수십 년 인생 있고
대화 속에 평생 하고 싶은 말
촌철살인 감동 있다

아 파도 소리 펜션 사랑방
매미 소리 쉴 새 없이 울어대는
사랑 메아리 어우러져
안면도 고남리 하늘 가족 교향곡
울려 퍼진다

가는 세월

세월이 흐르는 데 추억이 쌓이는가
인생은 새처럼 지저귀다 날아가는가 보다
흐르는 강물처럼 어느덧 지나서 잡을 수 없구나

기억 속에 삶의 흔적은 남아있으니
그 자리 마음속 우리에게 평온 주니
세월 속에도 영원 찾아서 하늘로 날아가리라

세월

바람 따라 살아온 나날인가
인생은 흘러가는 강물인가
흐르다 보면 어느새 강 바다
대해에 이르겠지

인생은 바람처럼 날아가다
따뜻하다가 매서워질까

바람처럼 강물처럼 흐르다
멈춰 서서 노래하고 춤추자
때론 새처럼 날아 보는 거야

빠르게 사라지는 세월 속에
포효하는 돌고래가 되는 것은
일상 속 의미 있는 것 찾거나
친구들 같이 운동장에서
뛰어 보는 것이야

살아 있다는 것 느껴 보게 되지
아 세월은 흐르니까

마음의 법궤

마음의 법궤가 십자가 사랑이라면
우린 십자가 기도 십자가 삶 살아야 해요

하나님의 영이 우리가 하늘 위에
올라가도 스올에 자리를 해도 따라 오신다
하니 숨을 마음이 없어요 늘 코람데오 하나님 앞에서
정직하게 살아요

하나님 법따라 순종하며 사는길
마음 편하고 평화의 길 가니
우리는 늘 겸비 케노시스 땅끝
마음으로 살지요

매일 삶의 궤도 쳇바퀴 도는
일상에서도 생활세계 벗들과
알콩달콩 얘기 나누며
정을 나누고 마음 나누고 살아요

오늘도 긴 하루 피곤한 발을
보금자리 들어 평생 같은 마음으로
산 배필같이 밤자리 들어요

보혈

이상한 시대다 아니
어찌 이래 됐나
입에 재갈 마스크
말하지 말라 침묵이 길다

언제까지 이렇게 함구하고
손들고 있어야 하나
어린 홍암소 피로
속죄제 드려야 하나

정결 제사로 제사장 나서야
하늘 들으시고 풀어주시나
재앙 멈추라 전염병 그치라

이제 열 가지 재앙 다 일어나
어린양 피 문설주 묻었으니
속죄제 보소서

새로운 아침

바닷가 큰 집에서 새 아침이라 인사한다
새들이 인사한다 햇볕이 강렬히 말한다
풀잎은 청아하게 웃음 짓고
동해 외옹치 해변은 꿈꾼다

철책선은 여전히 분단 아픔으로 평화 손짓한다
아이들이 풍요 식탁 한복판에서 노래하니
희망의 바람이 분다

온난화 열풍이라 태풍이라 산불이라
세파는 난리지만
에덴 동쪽은 새로운 아침을 맞이한다

창조

와 우주가 창조된다
빛이 있으라
궁창이 있으라
물이 있으라

일몰이 있고 일출이 있으니 첫날이었다
장엄한 빛의 세계가 열린다
혼돈과 공허가 사라진다

몰입의 세계가 어마어마하게 열린 것이다
삼라만상이 지어지고 흑암이 깊음에서 사라진다
일출이다 거친 파도가 출렁이지만
물 위를 걸으시는 분이 오늘도 오신다

출항이다 백오십칠 마리 인어 낚는
생명의 어부들이여
기쁨으로 고요한 바다로 나가라
참 자유의 푸른빛으로 오소서

성령의 비둘기로 방주문 여소서
그대여 그대여 주여 주여 주여

우리

우리는 나보다 좋다
우리는 그대와 나 같이다
우리 서로 주고받으며
생의 경험을 간직한
마음을 나누니
기쁘다

우리는 인생 살며 시어 나눈다
시를 쓰고 시를 살며 시인으로 산다
시를 노래하는 자유는 나비와 같이 훨훨 난다
마치 새의 깃털처럼 가볍게
바람을 가르는 날갯짓한다

창공에 나는 독수리처럼 멀리 보며
무리를 이끌고 새 보금자리로 들 수만 있다면
우리 또한 기쁘지 않겠는가

행복의 파랑새가 손짓하는 곳으로 그대여 가자 우리 시대의
바람을 가르는 선지자 비상을 위해 숨 고르고 흙을 경작하자
이제 우리의 미래는 밝아 오리라

새 판

새 판을 짜야 한다
통일이야 분단을 종식시켜야 한다
아기야 살아야 아기를 낳아야 한다
생명의 빛이 비쳐야 한다

누가 하늘의 빛을 전하나
오늘도 하늘 회의 간다
포스트 엔데믹 시대 누가 비전 보나
복음 가진 자
희망을 전한다

소망은 이사야에게다
미래는 에스겔에게다
역사는 다니엘이다
새판은 하늘이 연다
주여 오늘도 지성소로 갑니다

별

뜨거운 혹성이 밤낮으로
사랑의 열기를 쏟아낸다

지구의 위성으로 갈라져
사랑의 몸살로 떨어져서
빛과 사랑으로 다가왔다

미움과 냉정이 멀어진다
달아 왜 이토록 가까운가
해야 왜 이토록 뜨거운가

수많은 별들은 우리 친구
너와 나 사이 강렬한 사랑
그 빛으로 살아가는 세월
그렇게 살다 돌아갈 별들

사랑의 정열로 행복하다가
추억의 아쉬움으로 쉬다가
그대 사랑으로 오는 동안

나 스스로 깊이 오래 기다려
내 신비의 땅에서 해 달 별로
그대를 우주로 안아야 하나

말씀

하늘 말씀이 울려 퍼지는 곳
겸손히 그 소리로 들으러 간다
세상은 자기 의로 바벨탑 쌓지만
지성소 찾아 간다

성직은 자기 삶의 자리에서
성실히 하늘 뜻 찾아서 낮은 자세로
긍휼한 마음 가지고 상처당한 영혼 찾아
순례자로 가는 것이랴

오늘 영적 대제사장 가는 사막으로 나가
십자가 사도 끝 따라 모두를 아우르는
성자 영성으로 생명의 길 따른다
하늘 소리여 우리에게 퍼지게 하소서

아기 예수

아기가 드디어 태어났도다
온 인류를 구원 하시려 한다

태초부터 마지막 때까지 다
그를 기다리고 믿는 모두를
오늘 고백하고 기뻐하리라

아기 예수가 태어나던 때에
헤롯이 욕심 무지로 많은 애
죽이니 큰 애곡 애통하도다

이 소리가 대속의 피인가
애통이 희생제물 댓가인가

구주 어두운 홍해 가르고
나셨으니 하늘 영광 땅
평화로다 이제 기뻐하라

시집

시라는 인생 작업은 창조의 작업인가
인생사 시작에 달려 있으니
마음의 작업이 감사이리라

시집은 감사의 뜻은 담은 시어 담아
벗에게 전해주고 싶은 것이다
시의 세계는 언어의 세계니 마음에서
마음으로 이어지는 말다리 이어 말교각 잇는다

시집이 출간되면 사람들 전해주려
시집 달린 마차는 흥겹게 마음 이으며
시세계 묶는 사람들 사이 즐거워하리라
축제 언어 잔치 벌이며 세상은 기뻐하리라

시와 마음

마음 1

레브 마음이 어디에 있어요 심장에 있나요
뜨거운 피가 온몸을 감싸며 머리에서 발끝까지
쉼 없이 흐르나요
허트 마음이 평화에 이르는 길을 가르쳐 주나요
사랑할 때 평온이 찾아온다 하나요

바다의 잔잔함은 태풍 후에 오나요
부라보 마음이 모아지면 못할 것이 없나요
마음은 무엇이나요 존재의 근원이자
성을 무너뜨리는 것인가요 마음은 우주예요

한 영혼이 천하보다 귀하나요
한 마음이 천하보다 귀하네요
마음의 성전 제단에서 양약 먹고 선한 말로
영생에 이르는 길 떠나요

오늘 하루도 말씀 기도로 마음양식으로
튼튼한 몸 복음 전파 성자의 길 가요

마음 2

내 마음은 바다
희로애락 거친 파도를
믿음으로 항해하면
질풍노도 잔잔해진다

내 마음은 호수
기쁨 충성 온유 가지고
예수 마음 가지면 평안하리
요동치는 세파가 누그러진다

내 마음은 폭포
근심 걱정 절망 쏟아지는
비경 속 포말 사라지고
영혼의 닻을 내리면
백팔 고뇌 안정되리

내 마음은 연못
머리와 가슴, 생각과 마음
어디서 파문을 일으키는지
마음 뿌리가 조물주에게서
그 비밀 보여 준다

마음 3

아침에 일어나면 마음이 얘기해요
그러면 생각이 말을 걸어요

우리 오늘 무엇에 감사하고
무엇에 찬양하고 기도하지

마음은 내 친구에요
생각은 내 몸의 중심에요

마음과 생각은 늘 짝을 이뤄서
하브루타 하면 단짝이 되어

감사하면 좋은 생각을 하고
찬양하면 좋은 심정으로
이웃에게 다가가요

오늘도 우리는 좋은 생각
감사하는 마음으로 평화를
만들어요

마음 4

사랑이 인간을 아름답게 하나요
사랑은 사람이 살아가는 이유지요
사랑은 원수도 품어요

평화가 어디 있나요
마음에서 비롯되어
나라 민족으로 퍼져가나요
이 마음 모아져야 해요

행복은 조그만 마음 씀에서 나오지요
참된 마음에서 나온 모든 가치
진리로 자유케 하니
십자가에서 완성되요

갈릴리 청년 온 인류를 품고
영혼육 구원하는 십자가 기도
성육신의 겸비로 영원 구원도
마음에서 이뤘어요

마음 5

사랑의 마음은 아가서 이야기 사랑 중 사랑은
십자가 예수 보혈인가요
우리 나누는 대화가 그 사랑 이야기라면
참 사랑일까요

인생 사는 것이 일장춘몽 안개 같은 것이라면
마음 나눔 사랑거리 찾아 아가페 나눠요
참 평화가 갈릴리 일곱 기적 행한
그 하나님의 아들에게서 비롯되니

그 골고다 나무 아래에서
참 안식 누리고
마음의 평화 기쁨 누려요
오늘 밤하늘 별 반짝이는 혜성 빛 따라
꿈의 여행 즐겨요

사랑하는 그대여
그리스도 마음으로 꿈꿔요

마음 6

새날이다 아침 해가 떠올랐다
밤새 꾼 꿈은 하늘 아빠와 대화인가
마음의 생각 따라 펼쳐진 의식의 잔상이
무의식으로 내려갔다 왔나

말씀이 정화된 곳에서 일어난다
밝은 태양은 우리를 아니마 아니무스
집단 무의식 깨우니
방주로 나아가

님을 그리고 노래하리라
마음이 밝아지고 감사가 울려 퍼지니
사랑과 행복 충만하도다

마음 7

산다는 것은 사랑한다는 것이지
타인이 친구가 되게 하는 것 관심과 배려예요

예수는 이인칭 화법으로 살리는
언어로 생명을 구원하셨어요
일어나라 걸어라 나가라 빛이 있으라

깊은 영성으로 한 영혼이 천하보다 귀하다 여기시고
인류구원 영원한 생명 낙원으로 인도하는 십자가 길
열어 놓으셨어요
마음이 열리고 복음을 받아들이는 순간
인생이 새로워지고 시온의 대로가 열려요

마음 8

사람이 살아간다는 것 마음 쓰고
공감하고 동정하며 사는 것이지
아침 새소리 십육 년의 포효 가라앉히는
매미 소리 잦아들 때

열정 컴패션 가지고 선지자 마음으로
경청해 보는 아침
눈빛이 살아 창공을 보니
천고마비의 하늘이로다

오늘도 사랑하는 마음 가득 안고 집을 나선다
풀잎은 밤새 생명을 낳으려 이슬로 씨름하고

참새는 먹이 찾아 둥지 떠나는 순간
생명의 생동하는 소리 들리냐
마음이 활짝 열리니
내 가슴 뛴다 그대여 가을의 하늘 만끽해요

마음 9

사랑하는 마음과 증오는 같은 것인가
동전 앞뒤 같이 정의와 사랑은 하나인가
아모스의 체데카 공의는 호세아 무조건적인
헤세드 정염情炎 같은가

오늘 아침 일어나 마음의 길 챙기며
거룩의 옷 여민다
마음 씀이 생각으로 습관으로 사상으로 나가는가

경건의 훈련으로 싹 난 지팡이 보아라
막대기 보고 하늘가는 여장 살피고 천국여정 떠난다

마음 10

깊은 기도가 심령 속에 부르짖는 소리인가
이 새벽에 무릎 꿇고 창조주에게 빈다

내 마음을 비어 십자가 당신 닮게 해 주소서
이제 당신 앞에서 정직하게 마음 쏟아놓게 하소서

멀리 간 자리에서 당신께 돌아갈 마음 갖게 하소서
너무 멀리 갔어요 이제 돌아가게 하소서

오늘 문득 떠오르는 상념을 보며
당신만이 나의 구원 나의 소망 나의 위로되셔요

마음 11

마음의 평화가 하늘에서 오는가
이 아침 광야에서 들리는 소리 귀 기울인다
자유다 평화다 사랑이다

친구의 유토피아 찾는 기도도 아침 안개 사라지듯
아스라이 멀어질 때
고목아래 멋쟁이 딱정벌레 숨 쉬듯 행복 찾는다

인생, 주어진 길을 따라 그 궤도 거닐다가
하늘 소리 듣고 순종하며 살 일이다
오늘도 마음의 길 십자가 따라
순리대로 살면 낙원이 펼쳐지리라

마음 12

어떻게 바다 같은 마음 가지나요
어떻게 일곱 번씩 일흔 번 용서할 수 있나요
우리 주님 십자가에서 저들의 죄를 사해달라고
기도 하시나요
엘리 엘리 라마 사박다니 부르짖나요

전도자가 되고 성자가 되는 것
성인은 예수 많이 닮은 사람인가요
인생 짧은데 하나님의 형상 닮게 하시고

천로역정 하늘나라 순례길 잘 마치고
바울의 고백처럼 달려갈 길 다 가고
이제 관제 후에 면류관이 준비되었다고
고백하게 하소서

마음 13

강하라 네 마음을 담대하게 하라
가나안 땅으로 들어가라

젖과 꿀이 흐르는 땅으로 가라
선조에게 약속했던 그 땅으로 들어가라
놀라지 말라 두려워하지 마라

마음을 낮추어 순종하고 맹세한 땅에 들어가라
마음 다하고 정성을 다하고
뜻을 다하여 말씀에 순종하라

여호수아야 이제 네 시대다
용기의 때요 약속의 때요
사명과 성취의 때이다
담대하라 마음을 강하게 하라

마음 14

인생 사는 것 쉽지 않다
하고 싶은 일 다하고 쉽은데
마음은 원이로되 육신이 약하도다

인생 사는 것 어렵지 않다
마음으로 생각으로 상상의 나래 펴고
원 없이 다 해보는 것이야

동에게 가서 내 마음의 자락을 펴고
맘껏 소리치고
서쪽에 가서 내 생각의 조각을
퍼즐 맞추면 정리될 거야
인생 뜻을 어디에 두느냐
따라 삶의 자리 달라지니

우린 하늘 뜻 따라 오늘도 마음의 여행
행복한 순례 사랑의 여정 달려가는 거야

마음 15

마음의 길 따라 매일 천상 가는 길 오르는 도상에서
우리는 인생길에서 덫과 함정을 넘어
성경의 길 따라 오른다

하루 떠오르는 생각들 모아 하늘 뜻 좇아간다
그대여 천상에 가는 노정은 십자가 길
자기 부정하고 그분 뜻 따르는 것이니

오늘 하루도 천명대로 사랑 희락 화평 인내 자비
양선 충성 온유 절제 열매 맺으며

마음의 옥토 닦고 도반들 같이
노아 방주 공동체 만들며 하늘길 간다

그대여 하늘이 부르는 소리 들리는가
그대여 매일 부르짖는 소리 듣는가
그대여 시내산의 계시 펼치는가

마음 16

한가위 보름달처럼 감사하는 마음은
원만한 평강에 이른다
부모형제 송편 나누며
조상의 기억 조물주께 감사드린다
추석 감사는 조그마한 일들부터 시작한다

있는 것에 감사하면 없는 것은 채우시리라
원하고 바라는 원초적 물리적 복은 하늘 뜻 따라서
그분의 일을 열심히 하다 보면
우리도 모르게 이루시리라

감사하는 마음은 적은 일의 좋은 생각에서부터니
기뻐하고 기도하고 감사하는 명절에서
가위날 평화는 오리라

마음 17

저 높은 하늘에서 이 낮은 땅으로 하강하여
겸비의 마음 인간 몸으로 인류
구원한 분이 십자가 지신 것은
더 낮아진 굴욕의 마음인가

성육신 인카네이션의 육화여
신이 인간으로 내려오신 그 겸손의 행위는
이해할 수 없는 하나님의 마음 헤세드 사랑인가

할 수만 있거든 이 쓴잔을 거두어 달라는
겟세마네 기도는 간절한 인간의 마음이 담긴 소원이다
처절한 엘리 엘리 라마 사막다니의 외침은
버림받은 인간 수치의 절정인가

오늘 우린 그 골고다 언덕에 서서
나무에 흐르는 붉은 피를 보며
구원의 환희 기쁨의 눈물이 하염없이
흐르는 것을 닦아내고 있다
주여 주여 토다 할렐루야

마음 18

내 마음에 내가 너무 많나요
내 마음을 볼 때마다
난 오직 주님만 바라봐요

인생 마음의 길 따라갈 때
십자가 길 좇아가요 가다 보면
사망의 계곡 지나가나

우리 주님 인도해요
마음의 집 말씀 암송과
손기도로 지어가니

푸른 초장 잔잔한 물가로 함께 하셔요
심령이 소생되니 상처가 아물어져요

찌르는 가시 제해지고 사랑의 말 쏟아지니
은혜의 바다 모여진 마음들 평화 이루어져요

마음 19

내 마음은 하루에도 천국과 지옥을
여러 차례 다녀와요
천국은 예수 십자가 마음 지옥은
이 세상 육의 마음이니 인생 순례하는
마음으로 땅 끝에 마음을 두고 살아가면
행복해질 것에요

용서하고 일흔 번씩 일곱 번이라도
십자가상 강도도 품으신 예수처럼
사랑하는 것에요

오늘도 먼 길 떠나요 한강 바라보니
마음이 넓어지네요
평화의 미소로 다가가고 기쁨으로
대화하고 희망으로 꿈꿔요
그대여 가슴을 열고 함께해요

행복은 조그만 일에서 시작되니
겸손과 인내의 씨앗으로 심어요

마음 20

시간이 스승이다 흐르는 강물처럼
시간은 멈추지 않는가

인간은 하루 안에 쉬지 않고 마음 쓰며
생각하다가 천년을 보내는가

아 화살처럼 날아가는가
천년을 하루 안에 사는 것은
사랑하는 마음으로 용서 담고 사는 것인가

세월 앞에서 용사가 없고
예수 십자가 앞에서 원수가 없으니
우린 그저 은혜 속에 살아갈 일이다

마음 21

산다는 것 사랑하는 것이지
하루 행복한 일 찾아 마음 쏟아내는 것이야
사람들 관심받는 것 행복한 일이지
새싹들 자라나는 것 보며 희망의 씨앗을 심어보고
추억거리 만들어 보는 것이야

남는 것 사랑한 일 배려한 일
같은 마음으로 함께 한 것이니
부지런히 나와 그것을
나와 너로 만드는 것이야
자연에 나가면 코스모스 피어

가을 정취내고 있고
여덟 잎에 우주 담은 모습을 보면
조물주 생각 저절로 나니

행복한 마음 갖고
집으로 미소를
띠고 가게 될 거야

마음 22

하늘같이 높은 마음으로 살 수 있을까
용서하고 덮어주고 사는 것이지

바다같이 넓은 마음으로 살 수 있을까
모두를 사랑하고 사는 것이지

폭포같이 깊은 마음으로 살 수 없을까
믿음을 가지고 소망을 품고
가난한 사람들 어루만져 주는 것이지

구름같이 한결같은 마음으로 살 수 없을까
푸르고 자유롭게 다니며 좋은 소식 전하는 것이지

마음 23

늦가을에서 겨울로 들어서는 계절이다
겸비의 마음으로 자연이 노랑 초록 단풍 붉음으로
단장하고 마지막 잎새를 떨구기까지
끝자태 멋있게 새긴다

우아한 파랑새들이 삼삼오오 노래하고
저무는 석양녘에 까치가 보금자리로 먹이를 옮긴다
초심을 잃지 않은 날갯짓이다

동심으로 돌아가라 겨울바람은 세차게 분다
선풍기 바람 쐬던 뜨거운 여름날 생각하며
우린 살결을 부미며

에베레스트 고봉 북극의 썰매를 끌며
동토에서 열도로 조타륜 키를 잡는다

마음 항해는 평온한 바다로
하루만큼 긴 여정으로
예수 마음으로 닻을 내린다

마음 24

하늘마음 가지고 이 땅으로 하강 하신 분
오직 사랑하는 마음이리라

그대가 내게 다가와 기쁨 주니 행복하여라
지존한 보좌 버리고 이 낮은 곳으로 오셨네
나와 하나 되어 따뜻한 말로 사랑하시네

그대여 미소로 그윽이 바라보니 무한 평안하도다
마음을 비우고 겸비하신 높으신 분

모양은 너무 낮은 모습이니
그저 쉽게 다가갈 수 있으니 평화요 희락이로다
예수의 마음이리라 그대여 마음이 편하고 즐거우니

이제 웃고 얘기할 수 있으니 무한 감사하도다
죽기까지 십자가 지고 인류 구하였으니 감동이로다

마음 25

희로애락 애오욕 인생 마음 씀이
백팔 번뇌라 하는가
마음 경영 과학적 철학 분석 같으나
조물주 손에 달려 있는 섭리
헤아릴 수 없도다

사람 삶이 마음 두고 생각 펼침에
그대에게 달려있도다
그저 우리는 그대 품에서 안식 누리며
사랑하며 살 뿐이리라

사랑하는 마음 평온한 바다로 이끌고
평화로운 생각 하늘 말씀에서 비롯되니

오늘도 감사하며 행하리라
그대여 하루도 맡기나이다

시 1

시가 지하에 많이 전시되었다
지하철 타고 가면 시어가 이렇게 많이
유명한 시인들의 시도 가끔 보인다

창조적 시어 갖기 힘들지만
삶의 연륜 쌓여 가면 하늘 언어 마음 찾아
진실한 사람들의 그 가슴 풀 말 찾아 펼치면
시원한 바다 시 지어질 것에요

오늘도 난 사람들 얼굴에 깃든 시어
찾으려 애쓴다
사람아 사람아
응어리진 말들 가슴 아픈 속앓이
내게 풀어내렴
그 말 가지고 시어 구성하면
땅끝 언어 나타나리라

시 2

시가 여행한다
기차를 타고 멀리
버스를 타고 이 마을 저 마을
시를 쓴다

시가 여행을 한다 떠나는 곳
도착하는 때 시가 생각난다
시심으로 바라보는 세상은
아름다운데 상처받은 사람들
태극기 촛불로 나뉘어
어둡다

시가 떠난다 시가 멈춘다
사람들이 보인다
봄맞이 산책하는 사람들 사이

시는 노래하고 싶어 한다
시는 노래가 되고 시는 새가 되어
날아갈 때 비로소 시인이 되는가 보다
시야 이제 날아라

시 3

시는 고통의 한소리 맺일 때
잘 쓰어지나 보다

세월이 흐르는 것 멈추고 돌아가고 싶은데
속절없이 시간은 멈추지 않으니
하늘에 하소연 해본다

그대여 내게 오소서
그대여 내게 오소서

시가 되시어 깊은 한숨
녹여 기쁨의 구름되어
우리 마음에 노래 되소서

시 4

시가 쉽게 쓰여지는 것은 왜일까
동주 형은 쉬운 시 창작에 괴로웠다
시대가 암울한데 자신만 쉽게 사는 것 같아
안타까워했다

시는 어렵게 지어지는가 보다
갈고닦고 정제된 언어
조탁된 말로 운율을 맞추고
영감이 들어가면 명시가 된다

시는 수필보다 더 어려운 과정이 있다
시는 희로애락 삶이 묻어 있다

시는 인생이 녹아들어 있고
노래가 있고 아픔이 있다

시가 때론 쉽게 쓰여지는 것은
시심을 가지고 살기 때문이다

세태가 어렵고 힘들수록
시에 더욱 붙잡히나 보다

시상을 가지고 바라보는 시선은
산과 바람과 별과 나를 관조하듯이
뜨겁다

시 5

시가 춤춘다
내 마음 즐겁다

내 마음 기쁘다
시가 춤을 출 거야

마음이 춤추면
시도 기쁠 거야

여명

어두컴컴한 새벽 한줄기
빛을 보며 여명을 바란다
아직 밤은 깊다 어둠도 물러서지 않으려
칠흑같이 캄캄함은 거칠게 저항한다

그래도 빛은 다가온다 진실은 밝혀진다
밤의 종은 고개 숙이고
어둠의 노예는 무릎 꿇는다
동녘 하늘 태양은 떠오르고

여명은 새벽을 알리고
긴 고난의 질곡은 사라진다
이제 일어나 빛을 발하라
그대여 광명의 세계를 멋있게
만드소서